AF402514

LA
FOURMILLIÈRE.

RECUEIL LYRIQUE,

DÉDIÉ AUX

SOCIÉTÉS CHANTANTES.

PARIS.

Les principaux Éditeurs :

ARISTIDE, LÉGER.

1843—1844.

1843

Imp. de J. Delacour et Comp., rue de Sèvres, 94,
à Vaugirard.

LA FOURMILLIÈRE.

Le Soleil.

Air : du *Chant du départ.*

Peuple, et vous potentat vieillard, adulte enfance,
Vers l'horizon tournez votre regard ;
Admirez d'Orient ce beau char qui s'élance,
Un feu naissant annonce son départ,
Et dans l'immensité s'avance ;
L'auréole couvre les cieux,
Franchit l'univers en silence,
Rois devant lui baissez les yeux.

REFRAIN.

Astre divin qui nous éclaire,
Ton signal est notre réveil ;
Peuples et tyrans de la terre,
Courbez-vous devant le soleil.

Sur la mer en fureur la tempête commence,
Le ciel en feu fait trembler par ses coups ;
-Et le flot écumant s'entrechoque et s'avance.
Marins, le goufre est ouvert devant vous ;

La nue en éclat se déchire,
C'est par ton reflet lumineux,
Que tu sauverais le navire,
Parais, disque majestueux.
Astre divin, etc.

Et vous braves guerriers soutien de la patrie,
Jouet du sort en bravant le climat ;
Quand l'honneur vous guidait dans la vaste Russie,
Vos bras vainqueurs affrontaient le trépas ;
Vos jours se comptaient par victoire,
Bientôt le froid fut un écueil,
La mort frappait, restait la gloire,
La neige était votre cercueil.
Astre divin, etc.

Si tu n'es pas un Dieu, ton pouvoir est sublime,
Tout ce qui vit est soumis à ta loi ;
Par tes nobles rayons le souffrant se ranime,
Dieu des Incas , pardonne à notre foi ;
Nous obéissons à nos pères,
La présence est sur nos autels ;
Pour le vrai Dieu sont nos prières ;
Fais grâce aux innocents mortels.
Astre divin, etc.

MAURICE M....Q..T.

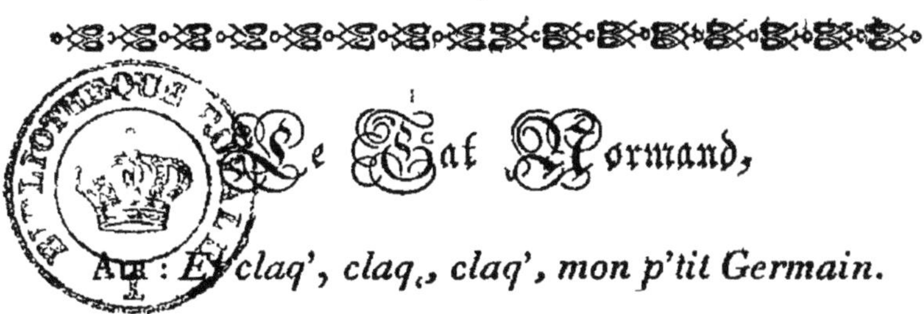

Le Gat Normand,

Air : En claq', claq,, claq', mon p'tit Germain.

Nous v'là, n'vous en déplaise,
Ch'étaient nos bons plaisis ;
J'avons quittè Fâlaise
Pou v'nir dreit à Paris ;
   Pâsque, v'yès-vous,
   Ch'étaient nos goûts :
D'mandèz putôt aux gâts d'cheux nous...
Y'â point moyen d'y gagnè d'sous.

Et châ, ch'est point étonnant, yà point d'confiance Ch'est a
qui chorch'ra à ch'dupè, a ch'trompe, à ch'vôlé, à ch'attrape,
et queuqu'feis la Justiee vous attrape à son tour : et cômm'
j'avion eu queuqu's p'tits demêles avec c'te bônn' dâm' Justice ;
avons dit. « Gaspard, y faut t'râvise et t'n'âllè . » Mais pôur
js'nalle, faut des pâpies. Mais j'somm's point bête ; j'en avons
eu des pàpiès, et d'bons certifieâts, et d'honnet'te, et d'probitè ;
avec châ j'avons dit :

   Allèz, mârchèz, j'suis gât Nourmand,
   L'plus honnêt' du département.

   On dit qu' dans c'te grand' ville
   Y'â d'lâ curiositè ;
   Pis qu' nous v'là, ch'est fâcile',
   J'pouvons bè m'contentè :
      Aussitôt j'voè
      Et j'âperçoè .

Un' bell' dâme au gentil minoè,
Qui m'fait *chit-chit* en tapinoè...

Quoè donc qu'â m'veut, c'te bell' dame-là? A m'dii : « Bon=
« jour, eu m'cousin. — Ah! vous vous trompe; j'suis point
« du tout vont' cousin; yâ point d'si jouli brin d'fille que cha
« dans nout' famille! — Ch't'egâl, montez cheu mei; j'vous
« f'rons veir châ, et vous n'en ch rèz point fâche. » En effet,
sitôt qu j'avons etè montè, â nous â embrache, à nous â...
châtouillè, â nous â....., ah! j'peux point vous dire tout
ch'qn'âll â fait, pâsque yâ des dâmes ichit qui pourrions be
ch'fâche..... Apres qu'alle a eu fait tout's ches p'tit's bêtises,
là-t-y pas que je m'somme aperçu qnd j'et'ons voûle?... Ah
dam! lâ d'chus, j'badinons point; j'avons dit: « La pâise,
« ch'est point comm' châ'arrange, entre parents; vous m'avez
« pris mon p'tit châc d'eeus. » All' dit : « Pisque vous en êtes
« aperçu, ch'est pour rire Allez la, prenez-le, vout' tii châc;
« y n'est point perdu, » Oh! je me sommes point fait prie: j'
l'avons ete cri : mais j'sais point comment qu'châ ch'fait'
quand je m'sommes en en alle, j'avions ma bourse et puis la
sienne.

Allèz, marchèz, j'suis gât Nourmand,
L'plus honnêt' du département.

J'chins m'nistoun âc quicrie;
J'avions besoin d'mangè.
J'voyons un' hôtell'rie,
J'dis : « J'vâs bè m'régâlè. »
Lâ fill' vient m'dire
D'un air eu d'rire :
« Qui qu'â monsieu faut l'y chervir?
» — Mam'zell', tout ch'qui vous f'râ plaisir! »

A m'apporte nn poulet à la Marengo, un brouche au bleu,
une anguille a la tartare, un vol au vent une bouteille d'vin

d'champagne... mais ch'est point bon, tuut châ; j'aimons mieux l'cide... Après qu'javons eu mangé tous ches p'tits brinbo-rions-la, j'avons demande comben j'devions; elle a dit: Quinze francs!... Ch'est çie cher, châ! Mais ch't'egal, comme pendant l'temps qu'alle faisuit le compte j'avion eu le l'temps de rama-ehe l'couvert et de j'mett' dans notr' pouquette, j'avons dit : « Ch'est point avec une belle fille comme vous qu'on deit mar-u chande; v'la chinq ecus bie comptes; j'avons l'honneut de « vous chalué. » Ah! j'y avons tire l'châpiau et le pied.

Allez. mrchèz, j'suis gât Nourmand,
L'plus honnèt' du département.

Pou m'défair' de c't'emplette,
J'voès un ourfèv' qu'est là.
Un gendarme qui m'guette,
M'dit tout-d'gaud : « Halte-là ! »
J'eus beau parlè,
Gesticulè,
Avec l'y fallut bè marchè ;
A lâ Justice fallut âllè.

Mon bon dou Jesus! m'v'là encore eh pronchés avec ch'té chienne d'Justice..... Qui qu' j'avons donc fait?... J'avons ete interrougé, accusé : « Vons êtes accuse d'avoir voule... Ah! « mon bon doux president, on vous a trompé, car on m'a « fouille, on n'm'a rien trouve!... » J'creis ben, je les avions « si be muches. « Ah ben! qui dit, levez la main comme quoé « vous êtes innoncent. — Ah! mon doux président, j'leverons « be la main ec le pied! » J'l'avons l'vé, j'avons ete acquitte, j'avons ete renvoye; et moi be cotent chantais :

Allèz, mârchèz, ('suis gât Nourmand,
L'plus honnêt' du département.

J'voyons bé qu'à soun aise
On n'peut point ch'attrapè,

Je m'dis : Gât, vers Fâlaise
Il te fauf décampè.
J'quittons l'lougis,
J'quittons Paris ;
M'z'âmis, n'en soyez point surpris,
Mais j'nous enr'tournons au pâis.

Pâsque, vouyez-vous, je sommes bé plus en suireté, oh ! y à poinj de comparaîson. Malgré qu'noutt'bonne et hounête famille aît été accrouche au gibet, et qu' nous j'avous ete oublie, j' comptons tout d'mème dans la prouvidence de nout'bonne Noutre-Dame-de-Bon-Secours ; et p't-ête be qu' comme châ, qu'en graplllant à dreite et pis a gauche, j'f'rons fortune un jour. et pis apres châ. comme tant d'autres qui chont point pus honnêtes qne mei, je ehanterais :

Allèz, marchèz, j'suis gât Nourmand,
L'plus honnêt' du département.

Victor Léger.

Souvenir d'un jeune soldat d'Afrique. *

Air : *Dis moi, soldat, t'en souviens-tu.*

J'avais vingt ans, lorsque ma destinée
Me fit soldat, soldat de par la loi.
Hélas, disais-je est-ce là l'hyménée,
Qu'au saint hôtel oñ préparait pour moi ?

* Cette chanson fut envoyée d'Alger, par l'auteur, aux *Amis de la Rose*. (Avril 1343,) *Note de l'éditeur.*

Las ! je quittais Paris, lieu magnifique,
Mes bons amis, vous m'êtes toujours chers ;
Lorsque je dors sur le sable d'Afrique,
Au cabaret chantez encor mes vers.

Souvent bercé par une rêverie
Je pense encore à nos banquets charmants,
Où j'ai passé des heures de ma vie,
Hélas ! hélas ! je n'étais qu'au printemps ;
Je crois encor qu'un doux refrain bachique
Vient jusqu'a moi transporté par les airs ;
Quand je souris sur les sables d'Afrique,
Au cabaret chantez encor mes vers.

Ce sol brûlant où l'on respire à peine,
Par ma sueur souvent est arrosé ;
L'Arabe au loin déjà couvre la plaine,
Et de fureur mon cœur est oppressé ;
Sur nous s'avance une marche énergique,
Un plomb mortel se croise dans les airs ;
Quand je combats sur les sables d'Afrique,
Au cabaret chantez encor mes vers.

Quand, de fatigue étendu sur le sable,
La faim, hélas ! vient doubler ma douleur ;
La soif encor, fléau plus redoutable,
Me fait sécher et mourir de langueur ;
A tous ces maux mon âme est pacifique,
Et je me dis : mes ans sont encor verts ;
Quand je gémis sur les sables d'Afrique,
Au cabaret chantez encor mes vers.

Clovis Ducrocq.

Le néant.

Air : *Oh! liberté, que tu dois être belle!*

Quand il nous mit sur cette pauvre terre,
Dieu nous a dit : « Soyez justes et bons,
« Soyez humains, secourez votre frère,
« Et donnez-lui de pieuses leçons ;
« Conservez bien la vertu, l'innocence;
« C'est un devoir que j'impose en créant;
« Et dans le ciel est votre récompense;
« Car sachez bien qu'il n'est pas de néant. »

L'arbre qu'envain la hache vient de fendre
Se reproduit après être abattu,
Et le phénix qui renaît de sa cendre,
Nous dit que rien ne doit être perdu ;
Tout reparaît dans la belle nature ;
Ainsi donc Dieu, par son pouvoir géant,
Ne laisse pas périr sa créature,
Ou ne veut pas la livrer au néant.

O ! mon enfant, ô ma fille adorée !
Trop jeune, hélas ! tu descends au tombeau !
Pourtant mon cœur se berce de l'idée
De nous revoir dans un monde nouveau.

Mais quelquefois cet espoir m'abandonne,
Lorsque j'entends ces mots d'un mécréant :
« L'éternité jamais n'admit personne,
« Avec la mort tout retourne au néant. »

BOUZON.

Laissez bruler ce qui n'cuit pas pour vous.

Air : *Corbleu ! morbleu ! de quoi vous plaignez-vous ?*

Accablé d'une faim lutine,
Un gastronome sans argent
Passait devant une cuisine
Qu'embaumait un rôt succulent :
« Holà ! dit-il, la cuisinière,
« Le feu va gâter vos ragoûts....
« —Vraiment, monsieur ? (répond cette dernière :
Laissez brûler ce qui n'cuit pas pour vous» *ter*.)

Souvent des fripons, en ce monde,
Envieux d'une dignité,
S'en vont clabaudant à la ronde
Leurs vertus et leur probité;
Riant de leur sotte arrogance,
Pour dépiter tous ces jaloux,
Thémis leur dit, en montrant sa balance :
« Laissez brûler ce qui n'cuit pas pour vous. »

Aux champs, une jeune glaneuse
Du repos goûtait la douceur;
En lorgnant sa gorge amoureuse,
Je m'écriai, dans mon bonheur :
« Astre brûlant de la nature,
« Ménage des appas si doux !... »
Ma voix l'éveille, elle fuit et murmure :
« Laissez brûler ce qui n'cuit pas pour vous. »

Du marché voyez cette rose,
A l'œil fripon, aux traits charmants ;
Voyez ce *gueux*, qu'elle dispose
Pour narguer la fraîcheur du temps :
« C'est trop ardent, dis-je, ma chère;
« Craignez de griller vos genoux.
« — A''-vous *fini !!!* (cria la poissonnière);
« Laissez brûler ce qui n'cuit pas pour vous. »

Lorsque, dans nos humbles chaumières,
Les Calmoucks, régnant en tyrans,

Exploitaient de mille manières
Le toit des pauvres paysans,
Voulant se faire bonne bouche,
Ils gargotaient un lard aux choux ;
Quand un *grognard* dit vidant sa cartouche,
« Laissez brûler ce qui n'cuit pas pour vous.. »

Messieurs, mon estomac réclame ;
Pardon, mais il me faut aller
Jusque chez moi, voir si ma femme
A mis quelque chose à brûler.
 D'ailleurs, finit ma chansonnette ;
Applaudissez comme des fous....
Mon cher voisin, je crains qu'on ne répète :
Laissez brûler ce qui n'cuit pas pour vous..

VICTOR LÉGER.

AH B'EN ! BOUFRE ! TANT MIEUX.

Air : *Ne vous déguisez pas.*

Amis qui voulez que je chante,
Sachez d'abord *ce qui m'enchante ,*
C'est avant tout *ce gai refrain*
  « Versez du vin.   (bis.)
Faudrait-il que *comme en Turquie ,*
L'on supprimât *cette ambroisie*
Des vins, *le meilleur, le plus vieux ?*
Ah b'en ! boufre ! tant mieux. (bis et chorus.)

2

Aimable et gentille friponne
Souvent *à mon cœur* s'abandonne,
Me dit, quand je l'embrasse au front :
   Finissez donc.   (bis.)
A cette douce résistance,
Céderai-je quand je commence?
Me dis-je admirant ses beaux yeux.
Ah b'en! boufre! tant mieux. (bis et chorus)

Les *ultra* prétendaient *en France,*
Nous mener *avec arrogancee,*
Que le *peuple* dirait, *vaincu,*
  « *Tout est perdu.* » (bis.)
Que *Momus* fuirait et *la gloire,*
Que *chaque bigot* ferait croire
Qu'une niche l'attend aux cieux.
Ah b'en! boufre! etc.

L'on croit que *les femmes gaillardes*
Sont toujours *les plus babillardes,*
Mais *moi,* soutenant leur *renom,*
  Je dis que *non.* (bis.)
Car à Cythère *(pour tout dire),*
Quand *l'une* a fait *joujou* pour rire,
Le dit-elle *aux plus curieux ?*
  Ah b'en? boufre! etc.

L'anglais, croyant tromper *l'histoire,*
Écrit « Qu'aux champs de la victoire,
« *Au feu,* quand les canons grondaient,
  « *Nos preux tremblaient.* (bis)

« *Qu'on ne vit briller nos panaches,*
« *Ni nos vieux grognards à moustaches,*
« *Aussi solides que des pieux.* »
Ah b'en ! boufre ! etc.

Un misanthrope, *en sa folie,*
Veut que j'adopte *sa manie,*
Mais, *loin d'approuver ses débats,*
    Je ris *tout bas.*   (bis.)
Croit-il que pour lui *non affable,*
Je fuirai *chaque femme aimable,*
La table, et mes amis joyeux ?
Ah b'en ! boufre ! etc.

Je veux, *par mon dernier voyage,*
Voir *Proserpine* au noir rivage,
Debraux, Dauphin, Vadé, Piron,
    Danser *en rond ;*   (bis.)
Croyez-vous que, *loin de Voltaire,*
Dans *le Paradis,* je préfère
Les pauvres d'esprit bienheureux ?
Ah b'en ! boufre ! etc.

A. PÉRINT DE COMPIÈGNE.

Les Buveurs d'hier.

(Parodie.)

Air : *Soldats d'hier marchons à la frontière*

Quoi! sourd et sans raison
Quand Bacchus nous appelle,
Pour ceindre notre front
De palme encor nouvelle ;
Lever la tête altière
Sans aide et sans appui,
Marchons à la barrière,
Buveurs d'hier, marchons,   (*bis.*)
Marchons à la barrière.

Certain jour au plus tard
C'était l'année dernière,
Je quittai mon moutard,
Moi puis ma parsonnière ;
Pour goûter les douceurs
De la vie pochardière,
Nous nous fimes buveurs ,
     Marchons etc.

Mais l'effet d'un temps gris
Vient tourmenter nos treilles;
Sauvons donc, mes amis,
Leurs grappes si vermeilles ;

Si nous y parvenons
La liqueur nourricière,
Doit colorer nos fronts,
    Marchons, etc.

Buveurs, serpette en main
Courons à la vendange,
Déclarons guerre enfin
Aux auteurs du mélange,
Bacchus, pour ces combats,
Cède à notre prière,
Fais-nous gros, fais-nous gras,
    Marchons etc.

Halte-là, Champoneau
Se porte à ma pensée,
Jadis son vin nouveau
Réchauffa notre idée ;
Encore pour ce plaisir,
Avalons la poussière,
S'il faut après mourir,
    Marchons etc.

Mais si nous trébuchons
Dans le jour de goguette,
Sans crainte, amis, tâchons
De relever la tête ;
Bonheur à qui verra!
Toute la bande entière,
A l'unisson dira :
    Marchons etc.

                VICTOR LÉGER.

Le Philosophe de Vangirard.

Air : *Amis, voici la riante semaine.*

A peine né, je commençai ma course,
Pauvre écolier peu chargé de butin.
Au prytanée obtenant une bourse,
Gai je partis, content de mon destin.
Je n'étais pas meublé pour la dépense,
Plus d'une fois j'eus soif, le ventre creux ;
A cinquante ans, je dis, lorsque j'y pense,
Non, l'écolier n'est pas toujours heureux !

Quittant le sac, seul présent de mon père
En succombant au pont de Montereau,
Je m'éloignai d'où Louis en colère,
Livrait Berton à la main du bourreau !
Rêvant toujours à nos vieilles campagnes,
En m'éloignant du sol de mes aieux ;
Je me disais me trouvant sans épargnes,
Non, le soldat n'est pas toujours heureux !

Après six mois d'insulte à ma jeunesse,
Pauvre d'habits, d'argent et de savoir,
Pieds nus, glacé, je revins à Lutèce,
Sur le pavé qui sut m'y recevoir.
Mis en gueux que la misère opprime,
Sur un des quais de son fleuve bourbeux ;

Pouг exister j'implorais un décime,
Fou, non, jamais l'exilé n'est heureux '

Avec la faim je cesse de combattre,
Je trouve un gite et du pain reproché :
En travaillant seize heures sur vingt-quatre,
Pis qu'un forçat à sa chaîne attaché !
Plaisirs, repos, que le dimanche amène,
N'arrêtent pas mon travail rigoureux ;....
Si loin des lois de la nature humaine,
Non, l'ouvrier n'est pas toujours heureux !

Dans ce Paris, tout chef est un despote,
Un cœur de feu, que rien ne peut fléchir,
Gens inhumain qui ne voit qu'un ilote,
Dans l'employé contraint à obéir.
Fraternité, toi qu'en vain l'on implore,
Entends ces mots qui vont jusques aux cieux ;
Pour nous sauver qu'un Christ arrive encore,
Car les commis ne sont jamais heureux !

Trente cinq ans me donnent des pénates,
Je deviens riche.... et je deviens époux ;
Puis deux enfants avec leurs blondes nattes,]
Leurs traits charmans rendent mon sort bien doux.
Mon cœur s'émeut,... mais mon âme soupire,
Pour le malheur qu'on repousse en tous lieux ;
Muet témoin du dédain qu'il inspire,
Dans mon bonheur je ne puis être heureux !

Mais quel réveil ! Dieu que viens-je d'entendre ?
Tout est perdu... le moment est fatal !
Mon avenir est tout réduit en cendre,
Faudra-t-il donc mourir à l'hôpital ?
Privé d'appas, separé de mes filles,
Ah ! si je meurs où sont morts mes aïeux,
Triste jouet des haines de famille,
J'aurai vécu sans jamais être heureux !

H. RICHARD.

Air : *Oui voilà la vie que nos moines font.*

REFRAIN.

Vive la goguette
Dont le plaisir rejette,
La froide etiquette
Par des refrains joyeux.

Amis de la treille,
Au ton de la chanson,
Que Bacchus réveille
En vous un gai flonflon ;
Qu'un noble délire
Vienne vous inspirer
Et vous fasse chanter :
Vive, etc.

Vous, causeurs austères
Qui souvent nous prêchez,
Que boire des pleins verres,
C'est de nos gros péchés ;
De cette doctrine,
Docteurs, défaites-vous,
Répétez avec nous:
    Vive, etc.

L'avare n'aspire
Qu'après de grands trésors,
Son cœur ne soupire
Que pour des monceaux d'or ;
Mais le prolétaire
Vit heureux et content,
Lorsqu'il redit gaîment:
    Vive, etc.

Parfois l'humeur noire
Vient nous assiéger,
Sachons rire et boire,
Sans nous en affliger ;
La mélancolie
Ne vaut pas, nous dit-on,
Le doux jus d'un flacon.
    Vive, etc.

Des îles Marquises
Tous les bons habitants,

Ont pris leur devise
A nos Français chantants;
Chez ces insulaires
Momus a pris séjour,
Où chacun tour à tour
   Chante la goguette, etc.

Égayons la vie
Par le vin et l'amour,
Et que la folie
La charme à son tour ;
Quand de cette terre
Il nous faudra partir,
Plus moyen de jouir.
   Viv , etc.

JOURDAN.

Le Caprice,

Air : *Connu.*

Joyeux enfants que la gaité convie,
De son saint temple il faut bannir le deuil
Chassons au loin l'égoïsme et l'envie
Qu'un voile blanc tapisse notre deuil ;
De notre sein repoussons la malice,
Vous, cœurs impurs ne rentrez pas chez nous;

Passez, passez, suivez votre caprice,
Les vrais amis viendront au rendez-vous.

REFRAIN.

Enfants, de la constance
Imitons nos aïeux,
Conservons l'innocence,
Loin des capricieux.

Mais n'entrez pas vous qui faites les prudes,
Et vous amants dont l'esprit est flatteur ;
Votre inconstance et vos ingratitudes,
Portent partout l'effroi, le déshonneur
Pourquoi tromper l'enfant par artifice,
Et les parents sous le titre d'époux ;
Passez, passez, suivez votre caprice,
Les imposteurs ne rentrent pas chez nous.
Enfants de la constance etc.

Prêtres, portez plus loin votre arrogance,
Nous connaissons vos forfaits immortels,
Vous inspirez le vice à l'innocence,
Qui vient prier au pied de vos autels.
Tous vos discours au milieu de l'office,
N'ont d'autres mots que l'enfer et le ciel;
Passez, passez, suivez votre caprice,
Dans les cœurs purs infiltrez votre fiel.
Enfants de la constance etc.

Passez encor homme dont la nature,
A prodigué de factices bienfaits,
Dans vos salons où brille la dorure,
Oui la vertu refuse ces reflets ;
Tous vos plaisirs sont conduits par le vice,
Pour accomplir vos projets odieux,
Passez, passez, suivez votre cacrice,
Suivez le cours d'un fleuve ambitieux.
    Enfants de la constance etc.

Passez aussi vous dont la jalousie,
Sut endurcir et consumer le cœur ;
Une couronne enfin vous fit envie,
Vous en avez les titres et l'honneur ;
La liberté fut votre conductrice,
Mais maintenant vous n'avez que l'orgueil ;
Passez, passez, suivez votre caprice,
D'en peuple entier vous creusez le cercueil.
    Enfants de la constance etc.

O mais entrez vous dont le cœur sensible,
A soulager partout la pauvreté ;
Car de la faim le fléau si terrible,
Par les tyrans fut toujours enfanté ;
Mais parmi vous il n'en est pas qui puisse,
Au malheureux refuser des secours ;
Enfants entrez suivez votre caprice,
Car la vertu chez nous trouve son cours.
    Enfants de la constance etc.

Clovis Ducrocq.

1500 =

L'A I. II. ET III. PARTIE,

DE LA

MUSE NORMANDE

OU

RECUEIL

DE PLUSIEURS

Ouvrages Facécieux en Langue Purinique
ou gros Normand.

Chez la Veuve de JEAN OURSEL , grande ruë
S. Jean, à l'Enseigne de l'Imprimerie.

CANT RYAL.

LE jour de l'An estant en fantasie,
Devers su Quay je lorine mes pas,
Je dechandis par ste Pessonnerie.
Ou je trouvis bien grande compagnie,
De nos Drapiers luquant ses zalmanacs :
  Bien qu'endevé je passe & je rapasse.
Comme un fagot avec eux je me tasse,
Pour yeux conter leur flagornement.
Et a leu dits prosner queuque replique,
Quant j'aperchus avecq étonnement
Jeansenius au rang des Heretiques.

  Je disais lors on tend telle folie,
Quay est chelà un ballet de jours gras,
Ou un pourtrait de queuque Comedie.
De mettre un homme au rang de l'Heresie,
Qui n'y a pensé jusqu'au pu petit cas.
  St'image fit qu'en men sens je ramasse,
Disant faut t'il qu'un tieul tort note fasse,
Pis renfourrant lors me n'entendement,
Je dis ce sont queuques esprits frenetiques,
Qu'ont fait graver malicieusement,
Jeansenius au rang des Heretiques.

  Calvin, Luter, monstres d'apostasies,
Bref de tous ceux dont ils font un amas,
Ont fait connoitre assez leurs perfidies.
Et chu Docteur qu'a steuie no z'injurie,
n'a detestée mesme a sen trépas.

Su docte il a jergonné de la grace.
Le devet on fourrer en tieulle place ,
Il a fubmis cet œuvre entierement ,
Sous la fenfure & les Loix Canoniques ,
Et pourquai donc vairay je in juftement ,
Jeanfenius au rang des Heretiques.
Stila qui tient ainchi la Monarchie ,
Qui de l'Eglife apaife les combats ,
Cét œuvre ayant vû pat ceremonie ,
par le luqueux de telle Hierarchie ,
Par chinq points a mis fin à tieux debats.

   Bien que fen foudre il jette ou qu'il menace,
Il ne la mis dans une tieule claffe ,
Son ordre faint marche plus Prudemment ,
Il a fait comme on fait aux domeftiques ,
Par la Cenfure & n'a mis nullement ,
Jeanfenius au rang des Héretiques.

   Queret dont fait tieule peinture ,
Et mis au jour ce malheureux tracas ,
Che n'eft pas là un point de mocquerie ,
Chela provient de queque dieblerie ,
Qui fourdement à fait tieul fabat a cás.

   Toûjours le dieble a des gens de race ,
Ou bien de ceux qui tient dedans fa naffe,
Qui leuz effets font voir évidemment ,
Nommons ces Peftes de Republiques ,
Qui ont figuré fans fujet nullement ,
Jeanfenius au rang des Héretiques.

Lettre de la bonne femme Jacqueline ; touchant les grands vents qu'il a faits cette année.

STANCHES.

 RObert je t'eucrivons cheſt pour no y
  exculer.
De n'avair eſtè vair comme avet dit ten pere ;
J'avons eu du depuis bien a no delouſer
Des vents qui t'ont ruiné ſte ſemaine derniere ;
Las ! men pauvre fieux tu vetras tout changay.
Quand tu nos viendras vair à ces prochaines Feſtes ;
Le Curé qu'eſt bien vieux dit depis qu'il eſt nay ,
Qui n'a point encor vû une tieule tempeſte.
Su grand vent décaumit la cambre ou je couchions
Y l'a tout abatu l'étable à note Vaque,
Su petit apenty où étois nos cochons ,
Notte petit fouret où parfais tu te plaque ;
No ne vayait pu brin quand ce mal arrivit.
De malhur je n'avions ny greffet ni candelle ,
Tout épapelourdy ten pere ſe levit ,
Qu'en allit emprunter queu ta tante Noüelle.
  Y venant la muchant o fond de ſen capel ,
De pur de faufler durant ſu tintamarre ,
Mais y ſe laiſſit quaiz dans un grand putel ,
Que la plie avait fait au bout de notte barre.
Je courus l'oyant braire oſſi toſt qu'il fut qu,
Te Nante y vint étout avec d'autre candelle ,
Je trouvons ſu pauvre homme étallé ſur le cu ,
Quavet déja liau juſques deſſous l'eſſelle ,

Etant débrenaiqué & quafi comme fos,
Je cherchons nos cochons éfritez par ftorage,
Aprechant j'avifon ces cinq povre petiots,
Qui grelotaift de pur au coin de leur étage.

Mais y fe porte bien, n'y a que le petit.
A qui j'avons clinchay fa gambe qui baloque
Mais que tu fais venu fi tu as bon apetit,
Je le mettron pour tay au travers de note broque ;

Et qui pis notte Vaque étant de fen cofté,
Toute plate abatuë o mitan de l'étable,
De l'anhan qu'a rechut a l'en a avorté,
Et cheft chen qui n'ozfte encor pu coutiable.

J'avon dans notte clos fix gros arbres abatus ;
Et notte grand perier a zeu de belles breques,
Pour ten melier du coin tu ne verras pus,
Tu pouvois bien aten en manger des pu bleques.

Le tonnere & le vent a offi éclaté,
Stourme qu'eft o carfour de ta coufine Jane,
Le moulin à Monfieur eft tout rez emporté,
Et depis nó n'a vû le Monnier, ny fe n'afne.

Ly a bien pu de maux que je ne t'écrivon,
Mais je ne gremiffon feulement que du notre ;
Men fieux pour te garder le refte que j'avon,
Il te fxut tous les fairs dire ta Patenoftre

Va je fongeon pont tay encor que tu ny fais.
Ten pere t'a promis, donner a zeriviere,
Vn biau capel tout gris une pere de bres,
Et un parpoint tout neuf ouvert par le deriere,

Lettre missive de la bonne mere Macette, à son fieux Drien Roquelore, étudiant au Colege de l'Archevê-ché, & demeurant en chambre guernie, entre le mont Saint Denis & les Chambre ou chest qu'on fait KK.

ROquelore men fieux, me n'amour me n'amou-
  rette,
Tu fais bien poy de cas de te Nante perrete,
Et mains encor de may, je t'ay chent fais écrit?
Sans sçaver rien bouter dans teu diette d'esprit,
Tu vis engernement, tu n'as pus souvenanche,
Du mal que j'ay pour tay n'y de ma doulianche.
Tu vas dans ces guardins joüer au cochonnet,
Ou deteurdant le cu ainchi qu'un sansonnet,
Tu radreche ta pente a ta boule écapée.
Un Taneux qui se tien vers la ruë Etoupée,
Diset derrainement au vesin Gaudichon,
Que tu ne sçais jamais un brin de ta lichon,
Mais pour te vair jerquay à la callifourquette,
dans un batiau de vin pour faire la trempette,
Pour faire le caheutre, & t'assiez su de zais,
Tout terquais de goutran pour chandorer tes brais.
Tu ne fais que la biché, & encor che qui boute,
La mort dedans men cœur, chest que je ne vay pu
  goutte,
Et mes ans &me zieux par trop defauchez,
Pour coutre te zabits qui sont si depichez,
Vla ten nez bien canu men povre Roquelore,
Par ma fay, te vla prins tout ainchin Que le More.
Ten pere sen labite & est pu sec que bois,

Tant il en courchay , hier en mangeans des pois ,
Il laiflit quaîre fa foupe au milieu de notte aire,
Et pour tout fen fouper il ne mangit qu'une paire ,
Che n'eft pu qu'une atelle , & les derrains propos,
Qu'on ly a J'ergonnais le font pire que fos.
     Eft y vray que tu as relanquy au Coliege ,
Pour aller afteurchi prendre un autre triege,
Q'weux les nouviaux Docteurs de te n'Archevêche ,
Jeuffe vendu mon roüet & mon bon creveché,
Ou bien men gardecu , ou bien ma forte piecke :
Pour t'avair des foulies , mais tu n'en auras pieches ,
Agette fi tu veux un pere de cabos ,
Pour aller tout ten fous pefquer de fans ces bos ,
Si je pouvais fçavait les matins & les tritres.
Qui te font degriner anchi les Jefuittes :
Qui t'ont fi bien apris & fi bien commenchay.
Je leu romprais le cos , ils t'uffent avanchay ,
De létat d'un feffeux qui va quitter fa plache ,
Car che n'eft qu'un emplatre , & fa vielle grimache
Fait greloter de pur tous ces povre Regens ,
     Quant y tient fen baton & qui grinche les dents ,
Tu a bien zu du mal à fonner leurs cloches ,
A laver leus privais & a tourner leur broques.
Mais auffi tu dinais de la foupe aux naviaux ,
De bone moruë feque , & bien d'auttes morciaus
Si vouleft queuque fais faire une Tragedie ,
Tu étais le premier a drecher l'établie,
A bien fiquer un clou , & tu avez l'honneur ,
D'être un des eftrelins , tant que tu eft bon Acteur ,
On te baillit antan a un Roy pour fa garde ,
Tu te pequais fi bien avec ta hallebarde ,
Sans faillir un feul mot , qu'un quacun te loüet ,
Et difet à par fey , par ma fey l'on diret ,
que cheft un Corporal qui renge les gendermes ,

Tant il a bonne morgue a bien porter lezermes,
Orrains il te fera bien carrement apos.

   O cha pallon raifon eft tu pas un grand fos,
De quiter les biautez d'un fi rare College,
Et prendre les lichons d'une Ecole de nege,
Cheft anchi qu'un quidan l'apelit avantiers,
Lu faifez pu de chent & pu de chent métiers,
Tu fonnais e premier, tu mouquais les candelles,

   Tu reclouiais les bancs, tu drechais les équelles,
Tu étais meffager, tu étais ballieux.
Et bien tôt on devait t'elire pour feffeux.

   Pis peut être apres on t'eût mis de la bande,
Tel eft valet orrains qui, par apres commade,
Adieu mea pauvre fieux ne fois point fi courchay,
Luifant che t'écritel à demi défauchy,
De liau qui va quechant ainchi qu'une avalaffe,
De mes zieux fu men nais, tout auffi fraid que glace
e de t'abeutir, va va rien n'eft gâtay,
ache de tavancher, je merquemande à tay,
alon bailer ta foeur bien-tôt à mariage.
u grand paquet de Rivet, cheft un bon parentage,
ien no vais dans huit jours ou bien fi tu ne veux,
u mains enfeigne nous un bon meneftrieux,
e tenvaye chinq pains qui font bien haut de mie,
Pour vivre quinze jours dans ta chambre guernie.

Qui fût départi o troupel ,
Comme une relique bien grande ;
Aveuc defir de s'en vanger ,
Et cette Garde facager ,
Le fair en revenant de bande.

A huit heures ou environ ,
Par mouchiaux je nozaffemblon ,
Le premier à la Croix de pierre ,
Un autre à la ruë Fleuriguet ,
Le troifiéme faifet le guet ,
O plat pour leur livrer la guerre.
Mais il avint bien autrement ,
Car par la ruë faint Vivian ,
La compagnie fut menée ;
Mais quay en no veïant trompez ,
En gros je fommes devalez ,
Aval la ruë de l'épée.

Checun de nou criet raut , raut ,
Tuë , tuë à l'erme , à l'affaut ,
En faiffant un grand tintamarre :
Mais leu Capitaine a l'inftant ,
Sa grande épée dégainant ,
Entr'eux & nou fervit de barre ,

Retirez vous , dit il , Putins ,
Voulez vous faire les mutins ,
Et troubler note République :
Si checun de vous ne fe tet ,
Vo ferez à coups de moufquet ,
Recachez dedans vos boutiques.
Quand j'entendîmes chez propos ,
Checun de nous tourna le dos ,
Craignant queuque maffacre étrange,
Aveuque defir niaumains ,
D'en venir queique jour o mains ,

Pour en prendre notte revange.

Donc qu'o mette o Kalendrier ;
Qu'o dix huitiéme de Janvier,
Fut prins & ravi notte Boise :
Boise dont j'étions pu jaloux,
Et pu glorieux entre nous,
Que Roüen n'est de George d'Amboise.

Le bout de l'An de la Boise.

Dieu te gard men povre Fleuran,
Et bien comment se Porte nen,
Quelche qui roule à ta chevelle ?
Tu me semble tout effritai,
As tu oüy pâler su su Quai,
De queuque piteuse nouvelle.
Pertin, si je sieux marmiteux,
Tout déconfit & roupieux,
Ne ten boute point à malaise,
Cheft que je sieux tout débauché ;
D'avoir vû tout chemin courché,
Là haut à notte saint Nigaise.

Dy mai Fleuran sans le cheler ;
Quest che qui l'ont à leu delouser ;
Ont ty émouvé queuque noise ?
Nenny Drien en verité,
Y pleurant par solemnité,
Le bout de l'An de notte Boise.

Derrainement, le jour saint Pos ;
J'entr'oüis o pres du grand Clos,
Du sabat comme queuqe alerme :
Mais j'apercheus étant o bout,
Un troupel de femmes en couroux,
Pleurant tretoutes à caudes larmes.

Le bon homme nommé Drian ,
S'approchant d'eux tout doucement ,
Demande pour qui cheft qu'on crie :
Drien fe ly dit Marion ,
Il y a un an , ou environ ,
Que notte Boife fût ravie .

　　Chamon fe fit ty quant & quant ,
Che fut les muguets d'arrogans ,
De faint Godard étant de garde:
Pas tant pour s'en vouloir cauffer ,
Comme pour faire furlufer ,
Nous & toute notte brigade.

　　Su me n'ame fe dit Gervais ,
Je n'oublirai chela jamais ,
Le cœur m'en creve quand j'y penfe :
Car y l'ont fait tout en efcient ,
Veïant que j'avions grandement ,
Ste povre boife en reverenche.
La grand Cateline dit vraïement ,
J'ai tant pleuré depuis un an ,
Que je ne vais tantoft pu goute :
Le fait quand je fieux à l'hôtel ,
Penfant avaler un morcel ,
Je laiffe quair ma pauvre foupe.

　　Alexis fe grand épluqueux ,
Difet en fefant le pleureux,
Je ne ferois manger ny baire :
La memoire de la douleur ,
Me fait tomber de ma hauteur,
Parfais o miran de me naire.

　　May qui écoutoit les clameurs ,
Leu doulianches & leu pleurs ,
Je dis en veïant leu grimache ?
Queft quo zavez à vo fâcher ,

Pis quou ai pour vo zafficher,
Une boife neuve à fa plache.

Il s'apprechent de mai en gros,
Furlufez ainchi que des coqs,
  Qui ont m'ançé de la totée ;
Difant que j'étais tritre en cœur,
Si je navais queuque douleur,
  De lapovre Boife brûlée.

    Che n'eft pas ce me firent ti ;
Pour le grand argent qu'a vaufit,
  Fut a de quefme ou haiftre ?
Car fi j'en avon du regret,
Che n'eft point pour autre fujet,
  Qu'a ly vienet de nos Ancêtres.

    Pourquai eftche fe dit Lubin,
Que je coutûme le matin,
  Qu'a fut brûlée a faint Hilaire,
Dont checun en eut vn coipel,
rtant feparée au troupel,
  Si che n'eft que no la revere.

    J'en referve m'en coipelet,
Dedans un petit drapelet,
  Se dit la bonne mere Yvonne :
Je vendrais pûtôt m'en corfet,
Ma cremillée & m'en greffet,
  Qve je l'engagiffe a perfonne.

    Pour la Boife neuve fita,
Je n'en fais à n'en pu d'état,
  Que d'une quaire quo zemprunte,
Car no zabiau deffu mentir,
Premier que no la vaïe ouvrir,
  Ainchi que la pauvre défunte.

    Se dit la femme o vieux Lucas,
En jurant par faint Nicolas,

Depis qu'a l'eft y la fiquée,
Oncore qu'il y ait un An:
Je n'ay daigné tant feulement,
M'y être une fais affichée.

      Mort de mai bleu ce dit Jeufray,
Alifon je te fçai bon gray,
Pis qu'on n'y bouteit point la preffe,
Je ne m'y fiais tout a n'en pu,
Car je quirais pu toft deffu,
Que dy plaquer jamais mes feffes.

      Che n'eft pour denigrer en rien ,
Cheux qui no zont fait tant de bien,
Que de no l'aver envayée,
Mais cheft pour faire bigoter,
Un cu gelé de Chavetier,
Qui n'a pas l'autre bien gardée.

   Par fainte Barge , dit Anez,
Je lieuffe baillé fu fan nez ,
Une fais en portant ma pâte,
Mais le nigon s'allit mucher ,
Cheft pourquay j'alis étriquet,
Dans le renel tous fes chavates.

      Pouvions-je aver un pu grand mal,
Que de perdre le Tribunal,
De la verité toute pure :
Cheft pourquay je porton le deüil,
Le nez chendreux, la lerme à l œil,
Pour avoir rechu tieule injure.

      Quand j'y penfe le cœur me faut,
Ce dit le bon homme Thibaut,
Et fi la chervelle m'éluge,
Songeant à fe nantiquité,
Je crais pour toute verité,
Qu'a l'étet du tems du Deluge.

Helas chetet un parement ,
Qie je gardions tant cherement ,
Oncore qu'un quacun s'en mocque ?
Car à l'avet si grand vertu ,
Que quand no zy piaque sen cu ,
A guariʃʃoi' bien - tôt des broques ,
    Ste boile chite , dit Marion ,
N'era jamais un tieu l renom ,
Que la pauvre premier boiʃe :
Sa pu grande quemodité ,
Cheſt que no zy vendra en Eté ,
Des groiʃelles & des fram boiʃes ,
    N'en pâlon pû , ce dit Carrel ,
Et no zen allon à l'hôtel ;
Mais il faut croire en aʃʃuranche ,
Que Dieu punira toſt o tard ,
Chez godeluriaux de ʃaint Godard ,
Si n'en font grande penitence.

Le Cochonnet ou Jeu de Boule.

QUe fais-tu locque compere Blaiʃe ,
    Tu te cauffe bien à te naiʃe ,
En cajolant ten Sanʃonnet ;
Vien-ten vais jeüer o Cochonnet :
Cheſt le pu biau jeu qu'on ʃeret dire ,
Je m'égueule parfais de rire ,
De vait ches hommes & ches garchons ?
Qui vos baillent tant de fachons ,
Car quand y l'ont âché leu boule ,
Y a guigne quand à roule ,
Veyant qu'a ne va du côté ,
Où a pente y l'aveſt boutay :
Y font mille fachons de faire ,

No leu verra la langue traire,
Teurdre les pieds, grincher les dents,
Croiser les gambes en dedans,
Et se ractrampit en arriere.

L'un se reculant en arriere,
Contrefera le Pantalon,
D'une assez drôe de fachon.

Un autre déteurdant la fesse,
Dit à sa boule va-tritresse,
Avanche tay double putain;
Oüy da à marchera demain.

La double quienne est demeurée,
Mais voïez où à s'est fiquée,
Et si j'avais bouté tout dret,
Ma pente su su Cochonnet.

Tantô radouciffant sen stille,
Ly criera demeure ma fille,
Bon, mordienne vla un caillou,
Qui l'a fait quais dedans un trou.

Quest qui l'a ? joüez tout que vaillé,
Non ferai, attendez que j'y aille,
Joüe Robin & gagne Gervais,
Pousse tout du long de la hais.

Chez bien joüé je l'avons à quatre,
Toubiau, toubiau j'en veux rabattre,
Tu n'en as qu'un méchant crochu,
Tien mesure avec su fetu:

Non ferai pardienne, apreche Pierre,
Ten gartier en fera la déferre,
Je la perds, cha venez à bout,
Vo yavez biau par dans su fons,
Le vla planté comme un yvire,
Oncore s'égueule ty de rire:
Hola as tu tant veziné,

Qu'à la fin tu leu as donné.

  Maugré bleu du dos de vignole ;
Qui avet si biau par sterigole ;
Mais que te sert d'etre engagné,
Je suis anuit tout eborgné,

  O la la, rejoüez un autre,
Jettez le Cochonnet au piautre ;
Pousse fort tay petit thomas,
Su loutiquet n'a point de bras.

  Sa boule roule en affolée ;
A l'étet pourtant bien joüée ;
Non fait, si fait, cheft qui s'est flaint,
A pardienne il y a du renchaint.

  Il est tout dessus o y taite,
Mogré bleu du saulard qui pete,
Qui su gros poufre de Vinchent,
Il en a déja fait pu d'un chent,

  Car il est si gavé qu'il creve,
Vous diriéz d'un ange de Greve,
La la pensons à note jeu,
Gagne lai tai petit Mathieu.

  Que ferai-je-la ; & débuté,
Tout de volée par ste bute,
Maugrez bleu soit des tignons,
Qui trahissent leu compagnons.

  Las si j'en ai touché parole,
Je veux que la froide cagnole ;
Me pisse rompre devant tai,
Bien, bien, n'en pâlons pu tais tai.

  Joüe bien Cardin, je t'en prie,
C'est ichite un coup de partie ;
Par la mordienne tu a biau,
Mais coütai de su flaquet d'iau.
Pardi ma boule est dans la merde ;

Cheft toũt ũn, le zautres le perde,
Cheft fait, cheft fait, & pour le fur,
Ste merde la à porté bonheur.

✿✿✿✿✿✿✿✿✿✿✿✿✿✿✿✿✿✿✿✿✿✿✿✿✿

*L'Auteur fait voir la mifere & la calamité
de la guere, fous la defcription d'un Soldat dévalifé revenant de la guerre de la
Valtoline.*

CANT RYAL.

PRés de men feu je m'en mufois à luire,
Me n'Almanal rait par Claude Morel,
Quand j'entendis entrer Boute tout-cuire,
Qui dit, Drian quitte ten queminel,
Vient avec mai, prens vite ten mantel.
Cheft au grande Clos, allons zibaire à loquei
'Allons li fis-je, alons par rôtre doque,
J'ai oncor chi quatre fous pour riffer;
Nous à la table chacun videt fen verre,
Quand tout croté vint no zécornifler.

    Le grand Colas recapé de la guerre,
Un grand plumât deffus la tirelire,
Etait fiqué enchin qu'en un troupel,
Ches brelingans reviennent de faint Gire,
Croquant leu brus, leu lequant le morvel,
De gros rou iaux plaquez à leu capel.
    Seu colaquin étoit en pendeloque,
Pis fa chainture en équerpe mal propre,

Sa grande rapiere à fen côtai de fer ;
Ses brais de cuit ly hateſt juſqua terre,
Eu on pas dit du grand diantre d'Enfer,
Le grand Colas recapé de la guerre.

Su grand falot quand il eut bû biau Sire,
Tauquam ponſus de nôtre vin nouvel,
May & Bertran, je venons à ly dire,
Ne terque point tant les crocs de ten muzel,
Dérangle nou tout che qu'as vû de bel.
Ha queu pitié, Betran no le zembroque,
Comme harans quand y vient qu'on ſi choque,
No n'entend rien que des boulets troter,
Tou pou, pe ou tou, y font un drait tonnerre,
O qu'on n'avoit garde d'oüir peter.
Le grand Colas recapé de la guerre.

Le Cam va bien, tout le pu grand martire,
Ceſt que le bois ne s'y brûle à buvel,
Pour bien dîner ly a toûjours à frire,
J'y vis la Fleur & gros Michel,
Tous bons garchons du quartier du Ponchel,
No titeroit deſſus une freloque,
Quand queuqu'un fort bien tôt ne le machoque,
J'en tremble encor, quand my falet aller,
J'euſſe voulu être dans l'Angletere ;
Auſſi cela fit bien-tôt denicher.
Le grand Colas recapé de la guerre.

O zaſſiegez y ne tient brin de rire,
Le pain d'avaine eſt leu meilleur tourtel,
Y ſçavert qui n'éront que du pire,
Et cheux qui n'ont eu part à leu gatel,
Voudrait n'aver bougé de leur hôtel.

Note Roy afteure ne s'afroque,
De plufieurs gens qui ont fait tu te moque,
Nò ne les vait pû prés ly caqueter,
Y fçait affez q l'on l'y en faifoit a croire :
Ainfi bi pâlet tout durant le goûter ,
Le grand Colas recapê de la guerre.

S te Miffive fet donné à Colin Hognon ,
fieux de Girame Hognou , yeucolier yeu-
tudiant à Roüen , demeurant queux Je-
remie Grimaux Carleur ; à la rüe par où
l'on paffe quand on va o Cam du Pardon ,
un ptiot pu haut que le Coq.

STANCHES.

COlin men petit fieux & q'ie mon cœur fouhaite
Que j'aime pu chent fais qu'une vaque fen viau
Je t'en vaye fu libel par ta Tante Perrette,
De chen qui s'eft paffé ichite de nouviau.

Cheft que derrainement je fûmes d'une neuche,
Ten pere & may auffi, & ten coufin Viuchent,
Et ten frerot Gerôme , & ta petite Nieuche,
Et biaucoup d'autres oncor, car j'étiõs plus d'un chêt.

A fa chetet, cray may, ta coufine Maffée,
Qui époufet le fieux a t'en Parain Colin,
Et un caqu'un difet qu'a ne feret trompée,
Chez le meilleur garchon qui fet o Bourbaudoüin.

A l'en aimet un autre apellé Tête plée,
Qui est fieux (che dit-on) d'un riche Laboureux
A ne voulut point, qu'ai qu'à l'en fut fianchée,
'A caufe qu'il avet le nez toûjou morveux.

O Samedi o fait no zen fit les fianchailles,
Fut Monfieu le Curay qui les fianchit tous deux,
Et pis dans leu maifon je fìmes la gogaille,
'Aveuque du tourtel quéret pêtri o zeux.

Lendemain au matin, le Curé les marie,
La brû fe maranet aveu fes biaux zabis,
A l'avet le colier à Jane Feffemine,
No zu dit à la vais que chetet des rubis.

Je ramenon la bru tout dret queu fen biau peré
La o no zavet dit que je devions dîner :
Mais tout auparavant que de faire la chere,
Cheft qu'un cacun de ren fe mit à étrener.

J'étrenime un greffet & une grande marmite,
Et ten coufin Pernot un grand pot à pifler,
Ma commere une gatte, & une lechefrite,
Te Noncle deux cabots, & deux quenets de fer.

Pour ta Tante Alifon, étrenit fa caudiere,
Et cinq fou & demi pour aver un gredil,
Sa Maraine Loranche étrenit fa fauniere,
Un pot, un plat, un fiau, une broque, un fufil.

Quand nozume étrené, je fìmes la ripaille,
Il y avet des pois, & du lard o poriaux,
De grand morceaux de beuf; ni avet point de volaille
Il y avet des zeufs, des féves & des naviaux.

FIN.